W9-BJK-068

Todo su cuerpo se estremeció.

SPIDERWICK
LAS CRÓNICAS

EL MAPA PERDIDO

Tony DiTerlizzi y Holly Black

Traducción de Carlos Abreu

EDICIONES B
GRUPO ZETA

Barcelona • Bogotá • Buenos Aires • Caracas • Madrid • México D. F.
Montevideo • Quito • Santiago de Chile

Título original: *Lucinda's Secret*

Traducción: Carlos Abreu

Diseño del libro: Tony DiTerlizzi y Dan Potash

1.ª edición: octubre, 2004

1.ª reimpresión: enero, 2008

Publicado originalmente en Estados Unidos por Simon & Schuster
Books for Young Readers, marca registrada de Simon & Schuster.

© 2003, Tony DiTerlizzi y Holly Black
© 2004, Ediciones B, S.A.,
 en español para todo el mundo
 Bailén, 84 - 08009 Barcelona (España)
 www.edicionesb.com
 www.edicionesb.com.mx

ISBN: 84-666-1513-X

Impreso por Quebecor World.

Para mi abuela Melvina, que me aconsejó
que escribiera un libro como éste, y a quien
le dije que nunca lo haría
H. B.

Para Arthur Rackham: que continúe
inspirando a otros como me ha
inspirado a mí
T. D.

Índice de Contenidos

Índice de Ilustraciones

Querido lector:

Tony y yo somos amigos desde hace años, y siempre hemos compartido cierta fascinación por la literatura fantástica. No siempre habíamos sido conscientes de la importancia de esa afinidad ni sabíamos que sería puesta a prueba.

Un día, Tony y yo —junto con varios otros autores— estábamos firmando ejemplares en una librería grande. Cuando terminamos, nos quedamos para ayudar a apilar libros y charlar, hasta que se nos acercó un dependiente y nos dijo que alguien había dejado una carta para nosotros. Cuando le pregunté exactamente a quién iba destinada, su respuesta nos sorprendió.

—A vosotros dos —señaló.

La carta aparece transcrita íntegramente en la siguiente página. Tony se pasó un buen rato contemplando la fotocopia que la acompañaba. Luego, en voz muy baja, se preguntó dónde estaría el resto del manuscrito. Escribimos una nota a toda prisa, la metimos en el sobre y le pedimos al dependiente que se la entregase a los hermanos Grace.

No mucho después alguien dejó un paquete atado con una cinta roja delante de mi puerta. Al cabo de pocos días, tres niños llamaron al timbre y me contaron esta historia.

Lo que ha ocurrido desde entonces es difícil de describir. Tony y yo nos hemos visto inmersos en un mundo en el que nunca creímos realmente. Ahora sabemos que los cuentos de hadas son algo más que relatos para niños. Nos rodea un mundo invisible, y queremos desvelarlo ante tus ojos, querido lector.

HOLLY BLACK

Queridos señora Black y señor DiTerlizzi:

Sé que un montón de gente no cree en los seres sobrenaturales, pero yo sí, y sospecho que ustedes también. Después de leer sus libros, les hablé a mis hermanos de ustedes y decidimos escribirles. Algo sabemos sobre esos seres. De hecho, sabemos bastante.

La hoja que adjunto es una fotocopia de un viejo libro que encontramos en el desván. No está muy bien hecha porque tuvimos problemas con la fotocopiadora. El libro explica cómo identificar a los seres fantásticos y cómo protegerse de ellos. ¿Serían tan amables de entregarlo a su editorial? Si pueden, por favor metan una carta en este sobre y devuélvanlo a la librería. Encontraremos el modo de enviarles el libro. El correo ordinario es demasiado peligroso.

Sólo queremos que la gente se entere de esto. Lo que nos ha pasado a nosotros podría pasarle a cualquiera.

Atentamente,

Mallory, Jared y Simon Grace

EL DEPÓSITO
DE CHATARRA

EL
CAMPAME

CALLE DE LOS SERBALES

EL
PUENTE

ESTANCIA
SPIDERWICK

AVENIDA DULAC

LA
ARBOLEDA

La volvió del revés.

Capítulo uno

Donde muchas cosas
se vuelven del revés

Jared Grace sacó una camisa roja, la volvió del revés y se la puso. Intentó hacer lo mismo con los pantalones tejanos, pero le fue imposible. El *Cuaderno de campo del mundo fantástico*, de Arthur Spiderwick, descansaba sobre su almohada, abierto por una página que trataba sobre métodos para protegerse. Jared había consultado el libro cuidadosamente, poco convencido de que fuese a resultarle muy útil.

Desde aquella mañana en que los hermanos Grace habían regresado con el grifo, Dedalete había ido a por Jared. A menudo oía al trastoli-

1

llo corretear dentro de la pared. Otras veces le parecía verlo con el rabillo del ojo. Casi siempre, sin embargo, Jared simplemente caía víctima de distintas bromas. Hasta ese momento, le habían cortado las pestañas, le habían llenado de lodo las zapatillas de deporte y algo había orinado sobre su almohada. Mamá había echado la culpa de esto último al gatito nuevo de Simon, pero Jared sabía que no era así.

Mallory no se mostraba demasiado comprensiva con él. «Ahora ya sabes lo que se siente», decía. El único que parecía mínimamente preocupado por él era Simon. Prácticamente no le quedaba otro remedio; si Jared no hubiese obligado a Dedalete a entregarle el anteojo fantástico, Simon seguramente habría acabado asado sobre una hoguera en el campamento de los trasgos.

Jared se ató los cordones de su zapatilla embarrada calzada sobre un calcetín vuelto del revés. Deseaba poder encontrar una forma de pedir disculpas a Dedalete. Había intentado devolverle la piedra, pero el trastolillo no la había querido. A pesar de todo, sabía que si se encontrase de nuevo en esa situación, volvería a hacer exactamente lo mismo. Sólo de pensar en aquel día en que los trasgos capturaron a Simon mientras Dedalete le hablaba tranquilamente en acertijos, Jared se enfureció tanto que por poco rompe los cordones de un tirón.

—Jared —lo llamó Mallory desde abajo—. Jared, ven un momento.

Él se levantó, se colocó la guía bajo el brazo y dio un paso hacia las escaleras. Inmediatamente se cayó de bruces y se golpeó la mano y la rodilla contra el duro suelo de madera. Por alguna razón, los cordones de Jared estaban atados entre sí.

Abajo, Mallory se hallaba en la cocina, sosteniendo un vaso de agua frente a la ventana de tal

La luz lo atravesaba.

manera que la luz que lo atravesaba proyectaba un arco iris en la pared. Simon estaba sentado junto a ella. Los dos hermanos de Jared estaban como paralizados.

—¿Qué pasa? —preguntó Jared. Se había puesto de mal humor y le dolía la rodilla. Si lo que querían era mostrarle lo bonito que se veía el estúpido vaso, rompería algo.

—Toma un sorbo —le indicó Mallory, tendiéndole el vaso.

Jared lo observó con suspicacia. ¿Habrían escupido dentro? ¿Por qué querría Mallory que él bebiera agua?

—Vamos, Jared —lo animó Simon—. Nosotros ya la hemos probado.

El microondas emitió un pitido y Simon se puso en pie de un salto para sacar un gran montón de carne picada.

La parte superior del montón era de un asqueroso color grisáceo, pero el resto aún parecía congelado.

—¿Qué es eso? —preguntó Jared, echándole un vistazo a la carne.

—Es para *Byron* —respondió Simon, y la puso en un cuenco enorme al que añadió unos copos de cereal—. Ya debe de encontrarse mejor. Tiene hambre todo el rato.

Jared sonrió. A cualquier otro le habría preocupado que un grifo hambriento estuviese recuperándose en su cochera, pero Simon estaba tan tranquilo.

—Vamos —insistió Mallory—, bebe.

Jared tomó un sorbo de agua y se atragantó. El líquido le quemó la boca, así que escupió buena parte de él sobre las baldosas del suelo. El resto se deslizó por su garganta, ardiente como el fuego.

—¿Estás loca? —exclamó, tosiendo sin parar—. ¿Qué era eso?

—Agua del grifo —contestó Mallory—. Desde hace un tiempo tiene siempre ese sabor.

—Entonces, ¿por qué me has hecho beberla? —quiso saber Jared.

Mallory se cruzó de brazos.

—¿Por qué crees que está ocurriendo todo esto?

—¿A qué te refieres? —inquirió Jared.

—A todas las cosas raras que han pasado desde que encontramos ese libro. Parece que no se detendrán hasta que nos libremos de él.

—¡Pero si ya pasaban cosas raras antes de que lo encontrásemos! —protestó Jared.

—Da igual —dijo Mallory—. Esos trasgos querían quitarnos el cuaderno de campo. Creo que deberíamos dárselo.

La cocina quedó en silencio durante unos segundos.

—¿Qué? —consiguió preguntar Jared con un hilillo de voz.

—Deberíamos librarnos de ese estúpido libro —repitió Mallory—, antes de que alguien resulte herido... o algo peor.

—Ni siquiera sabemos qué le pasa al agua. —Jared miró hacia el fregadero, y la rabia se le acumuló en el estómago.

—¿Qué más da? —repuso Mallory—. ¿Te acuerdas de lo que nos dijo Dedalete? ¡El cuaderno de campo de Arthur es demasiado peligroso!

Jared no tenía ganas de pensar en Dedalete.

—Necesitamos el cuaderno —dijo—. Sin ella,

ni siquiera habríamos sabido que tenemos un trastolillo en casa. Tampoco habríamos sabido nada del trol, de los trasgos ni de los demás seres fantásticos.

—Ni ellos sabrían nada sobre nosotros —señaló Mallory.

—Es mío —afirmó Jared.

—¡No seas tan egoísta! —le chilló Mallory.

Jared apretó los dientes. ¿Cómo se atrevía a llamarlo egoísta? Lo que ocurría es que su hermana era demasiado cobarde para conservar el libro.

—Yo decidiré qué hacer con él, y punto.

—¿Ah, sí? —Mallory avanzó un paso hacia él—. ¡Si no fuera por mí, estarías muerto!

—¿Y qué? —dijo Jared—. ¡Si no fuera por mí, tú estarías muerta también!

Mallory respiró hondo. Jared casi podía ver humo saliéndole de la nariz.

—Exactamente —replicó ella—. Y los tres podríamos estar muertos por culpa de ese libro.

Los tres bajaron la vista hacia «ese libro», que

«Necesitamos el cuaderno.»

Jared sostenía en la mano izquierda. Éste se volvió hacia Simon, furioso.

—Supongo que estarás de acuerdo con ella.

Simon se encogió de hombros, incómodo.

—Es verdad que el cuaderno nos ayudó a averiguar lo de Dedalete y lo de la piedra con la que se ven los seres fantásticos —admitió.

Jared desplegó una sonrisa triunfal.

—Sin embargo —prosiguió Simon, y a Jared se le borró la sonrisa de la cara—, ¿qué sucederá si hay más trasgos ahí fuera? No sé si seremos capaces de hacerles frente. ¿Y si entran en la casa, o capturan a mamá?

Jared negó con la cabeza. Los trasgos habían muerto. No volverían. ¡Si destruyesen el cuaderno, todo aquello por lo que habían pasado habría sido inútil!

—¿Y si devolvemos el cuaderno y ellos siguen atacándonos?

—¿Por qué iban a hacer eso? —preguntó Mallory.

—Porque seguiríamos sabiendo que existe el libro —respondió Jared—, y que los seres fantásticos son de verdad. Podrían sospechar que hemos escrito otro cuaderno.

—Yo me aseguraré de que no cometas ese error —aseguró Mallory.

Jared miró a Simon, que estaba removiendo el revoltijo de carne medio congelada y cereales con una cuchara.

—¿Y qué ocurre con el grifo? Los trasgos querían a *Byron*, ¿no? ¿Debemos devolvérselo también?

—No —contestó Simon, mirando al exterior a través de las cortinas descoloridas—. No podemos soltar a *Byron*. Todavía no se ha recuperado del todo.

—Nadie está buscando a *Byron* —dijo Mallory—. Su caso es totalmente distinto.

Jared intentó pensar en algo que decir para convencerlos de que debían quedarse con el cuaderno. Pero sus conocimientos sobre los seres fantásticos no eran mucho más profundos que los de Simon o Mallory. Ni siquiera tenía idea de por qué esos seres buscaban el cuaderno de campo, que sólo contenía información sobre ellos. ¿Era sencillamente porque no querían que los seres humanos lo viesen? La única persona que quizá conociera la respuesta, el propio Arthur, había muerto hacía tiempo. Entonces, a Jared se le ocurrió una idea.

—Hay alguien más a quien podríamos consultar, alguien que quizá sepa qué debemos hacer —dijo.

—¿Quién? —preguntaron Simon y Mallory a la vez.

Jared se había salido con la suya. El libro estaría a salvo, al menos por el momento.

—Tía Lucinda —respondió con una sonrisa.

Más que un manicomio, parecía una casa solariega.

Capítulo dos

Donde aparecen muchos locos

Es un detalle muy bonito por vuestra parte que hayáis pensado en visitar a vuestra tía abuela —dijo mamá, sonriéndoles a Jared y a Simon por el espejo retrovisor—. Sé que le encantarán las galletas que le habéis preparado.

Por la ventanilla del coche se veían desfilar los árboles, cuyas ramas, prácticamente desnudas, presentaban algunas hojas amarillas y cobrizas.

—No las han preparado —repuso Mallory—. Lo único que han hecho es extender masa congelada sobre una bandeja.

Jared le propinó una patada al asiento del acompañante, en el que iba sentada su hermana.

—¡Eh! —se quejó ella, dándose la vuelta para intentar devolverle el golpe. Jared y Simon se rieron por lo bajo. El cinturón de seguridad no le dejaba llegar hasta ellos.

—Pues eso es más de lo que has hecho tú —le reprochó mamá—. Todavía estás castigada, jovencita. Os queda una semana a los tres.

—Estaba haciendo entrenamiento de esgrima —se defendió Mallory, reclinándose en el respaldo, irritada. A Jared le pareció notar algo extraño en el modo en que enrojecieron las mejillas de su hermana al decir esto.

Distraídamente, Jared tocó su mochila y palpó el bulto del cuaderno de campo que llevaba dentro, a buen recaudo, envuelto en una toalla. Mientras no se separase del libro, sería imposible que Mallory se deshiciese de él y que los seres fantásticos se lo quitasen. Además, quizá tía Lucinda supiese algo sobre el cuaderno de campo.

Tal vez había sido ella quien lo había guardado
en el arcón de doble fondo para que él lo encontrase. En ese caso, tal vez ella podría convencer
a sus hermanos de que era importante.

El hospital donde vivía su tía abuela era gi-
gantesco. Más que un manicomio, parecía una

casa solariega, con sus sólidas paredes de ladrillo rojo, sus numerosas ventanas y su césped bien cuidado. Un amplio sendero de losas blancas, bordeado de crisantemos de color marrón y dorado, conducía a una puerta cuyo marco estaba tallado en piedra. Al menos diez chimeneas sobresalían del negro tejado.

—¡Caray, este sitio parece aún más viejo que nuestra casa! —exclamó Simon.

—Sí, más viejo pero mucho menos hecho polvo —comentó Mallory.

—¡Mallory! —la riñó su madre.

La grava crujía bajo los neumáticos mientras se acercaban al aparcamiento. Mamá aparcó junto a un coche blanco, bastante maltratado, y apagó el motor.

—¿Sabe tía Lucy que venimos a verla? —preguntó Simon.

—He llamado para avisar —dijo la señora Grace, abriendo la puerta del coche y alargando el brazo para coger su bolso—. Pero no sé qué es lo que le dicen y lo que no, así que no os decepcionéis si no está lista, esperándonos.

—Seguro que somos las primeras visitas que recibe desde hace mucho tiempo —dijo Jared.

Mamá lo fulminó con la mirada.

—Para empezar, no está bien que digas esas cosas. En segundo lugar, ¿por qué llevas la camisa del revés?

Jared se miró y se encogió de hombros.

—La abuela viene a verla de vez en cuando, ¿no? —dijo Mallory.

Mamá asintió.

—La visita a veces, pero no le resulta fácil. Lucy fue más una hermana que una prima para ella. Por eso, cuando empezó a... ponerse enferma..., la abuela fue la única que se hizo cargo de todo.

Jared deseaba preguntar a qué se refería, pero algo lo hizo dudar.

Atravesaron la ancha puerta de nogal de la institución. En la recepción, un hombre uniformado leía el periódico, sentado en una silla. Al verlos, descolgó un teléfono marrón.

—Tengan la bondad de registrarse —pidió, señalando una carpeta abierta—. ¿A quién vienen a ver?

—A Lucinda Spiderwick. —Mamá se inclinó sobre el mostrador y escribió sus nombres.

El hombre frunció el ceño al oír nombrar a tía Lucy, y en ese momento Jared decidió que el tipo no le caía bien.

Unos minutos después, apareció una enfermera vestida con una blusa rosa con lunares blancos. Los guió a través de un laberinto de pasillos amarillentos llenos de un aire viciado que olía ligeramente a yodo. Pasaron junto a una habitación vacía en la que parpadeaba la pantalla de un televisor, y desde algún sitio cercano les llegó el sonido de unas carcajadas atolondradas. A Jared le vinieron a la mente imágenes de los manicomios de las películas, en las que gente con los ojos desorbitados y camisas de fuerza intentaba liberarse de sus ataduras a dentelladas. Nervioso, Jared atisbaba por las ventanas de las puertas ante las que iban desfilando.

En una habitación, un joven soltaba una risita tonta mientras miraba un libro que sujetaba del revés, y en otra una mujer lloraba junto a una ventana.

Jared intentó no mirar en la siguiente puerta, pero en ese momento oyó que alguien decía:

—¡Ya ha llegado mi pareja de baile!

Al echar un vistazo, Jared vio a un hombre desgreñado que presionaba la cara contra el cristal. La enfermera se puso delante de la puerta.

—¡Señor Byrne! —lo regañó.

—Todo es por su culpa —dijo el hombre, mos-

TÍA LUCINDA

trando una dentadura amari-
llenta.

—¿Te encuentras bien?
—preguntó Mallory.

Jared asintió, inten-
tando aparentar que no
se había asustado.

—¿Y estas cosas
ocurren con frecuen-
cia? —preguntó la se-
ñora Grace.

—No —respondió la en-
fermera—. Lo siento muchísi-
mo. Por lo general es un paciente
muy tranquilo.

Antes de que Jared pudiera decidir si había
sido buena idea realizar esa visita, la enfermera
se detuvo ante una puerta cerrada, llamó dos veces y la abrió sin esperar respuesta.

La habitación era pequeña y del mismo color
amarillento que el pasillo. En el centro había una

cama de hospital con barandillas de metal y, sentada en ella, con un edredón sobre las piernas, estaba la mujer más vieja que Jared hubiese visto jamás. Su larga cabellera era blanca como el azúcar. Tenía la piel muy pálida, casi transparente, y la espalda encorvada y torcida a un lado. Un soporte metálico que se alzaba junto a la cama sostenía una bolsa llena de un líquido cristalino de la que salía un tubo conectado al gota a gota que le habían puesto en el brazo. A pesar de todo, sus ojos, al fijarse en Jared, despidieron un brillo vivaracho.

—¿Qué le parece si cierro esa ventana, señora Spiderwick? —preguntó la enfermera, que pasó ante una mesilla atestada de fotos antiguas y otras baratijas—. Va a pillar un resfriado.

—¡No! —bramó Lucy, y la enfermera se paró en seco. A continuación, en un tono más suave, la tía abuela añadió—: Déjela como está. Me hace bien el aire fresco.

—Hola, tía Lucy —saludó mamá, titubeando—. ¿Te acuerdas de mí? Soy Helen.

La anciana asintió levemente con la cabeza, recuperando la compostura.

—Por supuesto. Eres la hija de Melvina. Cielo santo, te recordaba mucho más joven.

Jared notó que a mamá no le hacía mucha gracia este comentario.

—Éstos son mis hijos, Jared y Simon —dijo—. Y ésta es mi hija Mallory. Los niños tenían ganas de conocerte. Como estamos viviendo en tu casa...

Tía Lucy frunció el ceño.

—¿En la casa? No es un lugar seguro para vivir.

—Ya hemos llamado a unos albañiles para que hagan reformas —le aseguró mamá—. Mira, los niños te han traído galletitas.

—Encantadores —dijo, pero observó el plato como si estuviese lleno de cucarachas.

Jared, Simon y Mallory se miraron. La enfermera soltó un resoplido.

—No hay nada que hacer —le dijo a la seño-

ra Grace como si tía Lucy no estuviera allí—.
Nunca come delante de otras personas.

Tía Lucy dirigió una mirada de desaproba-
ción a la enfermera.

—No estoy sorda, ¿sabe?

—¿No quieres probar una? —le ofreció mamá, destapando las galletas azucaradas y alargán-
dole el plato a tía Lucinda.

—Me temo que no —respondió la anciana—.
Ahora mismo no tengo ni pizca de apetito.

—Quizá deberíamos salir a hablar al pasillo
—dijo mamá a la enfermera—. No tenía idea de
que las cosas siguieran tan mal. —Con cara de
preocupación, dejó el plato sobre la mesita de noche y salió de la habitación con la enfermera.

«Contadme qué habéis visto.»

Jared sonrió a Simon. Esto era incluso mejor de lo que esperaban. Ahora podrían estar unos minutos a solas con la anciana.

—Tía Lucy —dijo Mallory, hablando rápidamente—. Cuando le has dicho a mamá que la casa era peligrosa, no te referías a la construcción, ¿verdad?

—Te referías a los seres fantásticos —intervino Simon.

—Puedes decírnoslo. Los hemos visto —agregó Jared.

Su tía les sonrió, pero era una sonrisa triste.

—Me refería justamente a los seres fantásticos —contestó, y, dando unas palmaditas en el colchón, junto a ella, les dijo—: Venid. Sentaos los tres. Contadme qué habéis visto.

«Venid, queridos míos.»

Capítulo tres

Donde se cuentan historias
y se descubre un robo

rasgos, un trol y un grifo —enumeró Jared, entusiasmado, mientras se acomodaban a los pies de la cama de hospital. Resultaba todo un alivio que alguien le creyese. Ahora sólo faltaba que ella explicase la importancia de conservar el cuaderno para que todo fuese perfecto.

—Y Dedalete —añadió Mallory, mordisqueando una galleta—. Lo hemos visto, pero no estamos seguros de si clasificarlo como duende o como trastolillo.

—Muy cierto —dijo Jared—. Pero tenemos algo importante que preguntarte.

—¿Dedalete? —repitió tía Lucinda, dándole a Mallory unas palmaditas en la mano—. Hace siglos que no lo veo. ¿Cómo está? Me imagino que sigue igual. Ellos nunca cambian, ¿verdad?

—Pues... no lo sé —dijo Mallory.

Tía Lucy abrió el cajón de su mesita de noche y sacó una bolsa raída de tela verde bordada con estrellas plateadas.

—A Dedalete le encantaba esto.

Jared agarró la bolsa, la abrió y echó un vistazo. Dentro, unos cantillos plateados relucían junto a varias canicas de piedra y de arcilla.

—¿De verdad son suyas?

—¿Suyas? No, son mías, o al menos lo eran, cuando yo era lo bastante joven para jugar con estas cosas. Pero me gustaría que se quedara con ellas. El pobre debe de sentirse muy solo en esa vieja casa. Seguro que está encantado de que viváis allí.

Jared dudaba que Dedalete estuviese tan encantado, pero no dijo nada.

—¿Arthur era tu padre? —preguntó Simon.

—Sí, lo era —respondió ella con un suspiro—. ¿Habéis visto sus acuarelas en la casa?

Todos movieron la cabeza afirmativamente.

—Era un artista maravilloso. Hacía ilustraciones para anuncios de refrescos y de medias para mujeres. Hacía muñecas de papel para Melvina y para mí. Teníamos una carpeta llena de ellas, con vestidos distintos para cada estación. Me pregunto qué habrá sido de todas esas cosas.

Jared se encogió de hombros.

—Tal vez estén en el desván.

—Da igual. Él se fue hace ya tanto tiempo que no estoy segura de que me gustara verlas.

—¿Por qué no? —quiso saber Simon.

—Me traerían recuerdos. Nos dejó, ¿sabes? —dijo, bajando la vista hacia sus manos delgadas, que le temblaban—. Un día salió a dar una vuelta y nunca volvió. Mamá dijo que sabía desde hacía mucho tiempo que se marcharía.

Jared estaba sorprendido. Nunca se había puesto a pensar seriamente en lo que le había ocurrido al tío Arthur. De pronto recordó el retrato de rostro severo y con gafas que colgaba en la biblioteca. Le habría gustado ser como su tío bisabuelo, que observaba a los seres fantásticos y los dibujaba. Pero si lo que Lucinda había dicho era verdad, Arthur ya no le parecía tan admirable.

—Nuestro padre nos dejó también —murmuró Jared.

—Lo único que quisiera saber es por qué.

—Tía Lucy desvió la mirada, pero a Jared le pareció ver el brillo de una lágrima en sus ojos. La anciana se apretó las manos con fuerza para que dejasen de temblar.

—Quizá tuvo que mudarse por su trabajo —aventuró Simon—, como papá.

—Oh, vamos, Simon —replicó Jared—. No me digas que crees toda esa sarta de estupideces.

—Callaos, par de tarados. —Mallory los fulminó con la mirada—. Tía Lucy, ¿por qué estás en este hospital? Tú no estás loca.

Jared dio un respingo, convencido de que tía Lucy se enfadaría, pero ella se rió. La rabia de Jared contra su hermano se desvaneció de golpe.

—Después de que papá se marchara, mamá y yo nos fuimos a vivir a la ciudad, a casa de su hermano. Me crié con mi prima Melvina, vuestra abuela. Le hablé de Dedalete y de los espíritus, pero dudo que me creyera.

»Mamá murió cuando yo tenía sólo dieciséis años —prosiguió—. Un año después, me mudé de nuevo a la finca. Intenté arreglar la casa con el poco dinero que tenía. Dedalete seguía allí, por supuesto, pero además había otras cosas. A veces veía sombras que merodeaban en la oscuridad. De repente, un día, salieron de sus escondites. Creían que yo tenía el libro de papá. Me pellizcaban, me pinchaban y me exigían que se lo entregase. Pero yo no lo tenía. Papá se lo había llevado consigo. Jamás se habría marchado sin él.

Jared quiso decir algo, pero su tía estaba absorta en sus recuerdos.

—Una noche me trajeron un fruto, pequeño como un grano de uva y rojo como una rosa. Me prometieron que no volverían a hacerme daño. Yo era sólo una niña tonta, así que tomé el fruto y mi destino quedó sellado.

—¿Estaba envenenado? —preguntó Jared, pensando en Blancanieves y las manzanas.

—En cierto modo, sí —contestó ella con una sonrisa extraña—. Era lo más sabroso que había probado jamás. Sabía como uno imagina que deben saber las flores. El sabor de una canción que no acertamos a nombrar. Después de probar eso, la comida humana, los alimentos normales, eran como serrín y ceniza. Por más que me esforzaba, no podía comerlos. Iba a morir de hambre.

—Pero eso no sucedió —dijo Mallory.

—Los pequeños espíritus con los que jugaba cuando era niña me daban de comer y me man-

tenían a salvo. —Una sonrisa beatífica se dibujó en los labios de tía Lucy, que extendió una mano—. Dejad que os los presente. Venid, queridos míos, venid a ver a mis sobrinos.

Se oyó un zumbido fuera de la ventana abierta, y lo que parecían motas de polvo que flotaban en el aire de pronto se convirtieron en criaturas diminutas como nueces, que volaban agitando rápidamente sus alas iridiscentes. Se posaron sobre la anciana, enredándose en sus blancos cabellos y trepando por la cabecera de la cama.

—¿Verdad que son monos? —preguntó tía Lucy—. Mis dulces amiguitos.

Jared sabía qué eran —espíritus, como los que había visto en el bosque—, pero eso no impedía que se estremeciese al observar cómo se arremolinaban en torno a su tía. Simon parecía paralizado.

—Lo que todavía no entiendo —dijo Mallory, rompiendo el silencio que se había impuesto— es quién te ingresó aquí.

—Ah, sí. Te refieres al hospital —dijo tía Lucy—. A vuestra abuela Melvina se le metió en la cabeza que yo no estaba bien. Primero vio los moratones y mi falta de apetito. Después, algo ocurrió. No quiero asustaros... Bueno, eso no es del todo cierto. Sí que quiero daros miedo. Quiero que seáis conscientes de lo importante que es que os marchéis de esa casa. ¿Veis estas señales? —La anciana levantó uno de sus delgados brazos. Unas cicatrices profundas le surcaban la piel—. Una noche, muy tarde, llegaron los monstruos. Unas cosas verdes y pequeñas, con unos dientes horribles, me sujetaron mientras un gigante me interrogaba. Intenté soltarme, así que me clavaron las garras en brazos y piernas. Les dije que no había ningún libro, que mi padre se lo había llevado, pero no sirvió de nada. Antes de esa noche, yo tenía la espalda recta. Desde entonces, camino encorvada.

»Los rasguños fueron la gota que colmó el

vaso para Melvina. Creía que yo me cortaba a propósito. No entendía lo que estaba sucediendo... Así que me envió aquí.

Uno de aquellos seres, vestido únicamente con una vaina verde y cubierta de pinchos, se acercó volando y dejó caer un fruto sobre la manta, cerca de Simon. Jared pestañeó; estaba tan absorto en el relato que casi se había olvidado de los espíritus. El fruto olía a hierba fresca y a miel, y su piel, fina como el papel, dejaba traslucir la pulpa roja. Tía Lucinda se quedó mirándolo y empezaron a temblarle los labios.

—Es para ti —susurraron a un tiempo los seres diminutos. Simon levantó el fruto, sujetándolo entre los dedos.

—No pensarás comértelo, ¿verdad? —preguntó Jared. La boca se le hacía agua sólo de mirarlo.

—Por supuesto que no —respondió Simon, aunque estaba devorando el fruto con los ojos.

—No os lo comáis —les advirtió Mallory.

«No pensarás comértelo, ¿verdad?»

Simon se acercó el fruto a la boca, dándole vueltas entre los dedos, fascinado.

—Sólo un pequeño mordisco, para probarlo, no me hará mal —dijo en voz baja.

La mano de tía Lucinda salió proyectada hacia delante y le arrebató el fruto a Simon. Acto seguido, se lo llevó a la boca y cerró los ojos.

—¡Eh! —protestó Simon, levantándose de un salto. Después echó un vistazo alrededor, desorientado—. ¿Qué ha pasado?

Jared miró a su tía abuela. Le temblaban las manos, a pesar de que las tenía apretadas contra su regazo.

—Sus intenciones son buenas —aseguró—, pero no entienden el ansia que provocan. Para ellos no es más que comida.

Jared contempló a los seres. No estaba seguro de lo que sabían o dejaban de saber.

—Ahora comprendéis por qué esa casa es demasiado peligrosa para vosotros. Debéis hacerle entender a vuestra madre que tenéis que marcharos. Mientras estéis allí, creerán que vosotros tenéis el libro y jamás os dejarán en paz.

—Pero es que sí tenemos el libro —replicó Jared.

Tia Lucy se quedó boquiabierta.

—No es posible...

—Seguimos las pistas que encontramos en la biblioteca —le explicó Jared.

—¿Lo ves? ¡Ella también opina que debemos deshacernos de él! —exclamó Mallory.

—¿La biblioteca? Eso significa que... —Tía Lucy lo miró, repentinamente horrorizada—. ¡Si tenéis el libro, debéis marcharos de la casa inmediatamente! ¿Entendéis lo que os digo?

—Lo tenemos aquí mismo. —Jared abrió el cierre de la mochila y sacó el libro, envuelto en una toalla. Pero cuando lo deslió, el cuaderno de campo no estaba allí. Ante sus ojos tenían un ejemplar viejo y desgastado de un libro de cocina: *La magia del microondas*.

Jared se volvió hacia Mallory.

—¡Tú! ¡Tú lo has robado! —gritó, dejando caer la mochila y arremetiendo contra ella con los puños.

Entraron en la biblioteca de Arthur.

Capítulo cuatro

Donde los hermanos Grace buscan a un amigo

Jared apoyó la cara en la ventanilla del coche e intentó fingir que no lloraba, aunque unas lágrimas ardientes le resbalaban por las mejillas. Dejó que se deslizasen sobre el vidrio frío.

En realidad no había llegado a pegar a Mallory. Simon le había sujetado el brazo mientras Mallory insistía en que ella no había cogido el cuaderno. Al oír el griterío, mamá había irrumpido en la habitación y se los había llevado a rastras, deshaciéndose en disculpas con la enfermera e incluso con tía Lucy, a la que tuvieron que administrar un sedante. Camino del co-

45

che, la madre le había dicho a Jared que tenía suerte de que la gente de la institución no lo hubiera encerrado a él.

—Jared —susurró Simon, apoyando la mano en la espalda de su hermano gemelo.

—¿Qué? —farfulló Jared sin volverse.

—¿No se lo habrá llevado Dedalete?

Jared se dio la vuelta en su asiento, con todo el cuerpo en tensión. En el momento en que lo oyó, comprendió que tenía que ser eso. Era la última jugarreta, la mejor venganza de Dedalete.

Le cayó como un jarro de agua fría. ¿Cómo no se le había ocurrido a él esa posibilidad? A veces se enfurecía tanto que su rabia lo asustaba. La mente se le quedaba en blanco, y su cuerpo tomaba el control.

Cuando llegaron a casa, bajó del coche en silencio y, en lugar de entrar junto con su madre, se sentó en los escalones de la puerta trasera. Mallory se sentó a su lado.

—Yo no he tocado ese libro —le aseguró—. ¿Te acuerdas de que otras veces nos has pedido que te creamos? Pues ahora tú debes creerme a mí.

—Lo sé —respondió Jared, mirando al suelo—. Creo que ha sido Dedalete. Lo... lo siento.

—¿Crees que Dedalete ha robado el cuaderno? —preguntó ella.

—Simon ha pensado en esa posibilidad —dijo Jared—. Tiene sentido. Dedalete no deja de gastarme bromas pesadas. Ésta es la peor de todas, de momento.

Simon se sentó junto a Jared en las escaleras.

—No te preocupes. La encontraremos.

—Bueno —dijo Mallory, tirando de un hilo suelto en el dobladillo de su jersey—, seguramente es mejor así.

—No, ni mucho menos —replicó Jared—. Hasta tú deberías darte cuenta de eso. ¡No podemos devolver lo que no tenemos! Los monstruos no creyeron a tía Lucinda cuando les dijo que no tenía el libro. ¿Por qué iban a creernos a nosotros?

Mallory se puso muy seria, pero no respondió.

—He estado pensando —dijo Simon—. Tía Lucy nos contó que su padre las había abandonado a ella y a su madre, ¿no? Pero si el cuaderno de campo todavía estaba oculto en la casa, tal vez no se marchó a propósito. Según ella, Arthur jamás se separaba del libro.

—Entonces, ¿cómo es que el libro seguía escondido? —preguntó Jared—. Si los monstruos lo hubiesen capturado, seguro que les habría dicho dónde estaba.

—Tal vez se fue antes de que los monstruos pudiesen atraparlo —aventuró Mallory—, y dejó que Lucy se las apañara sola. Tal vez le tenía miedo al gigante que la atacó a ella.

—Arthur no haría eso —repuso Jared, pero en cuanto lo dijo, se preguntó si sería verdad.

—En fin —dijo Simon—, nunca sabremos lo que ocurrió. Vayamos a ver a *Byron*. Seguro que estará hambriento, y así no pensaremos en el libro durante un rato.

—Sí, claro —resopló Mallory—. Visitar a un grifo que vive en nuestra cochera nos hará olvidar completamente un libro que trata sobre seres sobrenaturales.

Jared esbozó una sonrisa. No podía dejar de pensar en el libro, en tía Lucy y en Arthur, en su comportamiento con Mallory, en la rabia que no sabía controlar.

—Siento haber intentado pegarte —le dijo a su hermana.

Mallory le alborotó el pelo y se puso de pie.

—Da igual. De todas formas, pegas como una nena.

—Eso es mentira —alegó Jared, pero se levantó y la siguió al interior de la casa, sonriendo.

Sobre la mesa de la cocina había una nota escrita en una hoja de papel viejo y amarillento.

Crees que eres muy pillo
pero has perdido el librillo.
¿Estará hecho picadillo?
¿O lo tendrá un trastolillo?

—Vaya, pues sí que está enfadado —comentó Simon.

Jared se debatía entre el alivio y el pánico. De modo que Dedalete tenía, efectivamente, el libro. Pero ¿qué había hecho con él? ¿Lo habría destruido de verdad?

—Oye, ya sé qué podemos hacer —propuso Mallory, esperanzada—. Ir a buscar los cantillos y las canicas de tía Lucy.

—Escribiré una nota. —Simon se inclinó sobre el papel y garabateó algo al dorso.

Byron dormía.

—¿Qué has puesto? —preguntó Mallory.

—«Lo sentimos» —leyó Simon.

Jared miró la nota, poco convencido.

—No estoy seguro de que unos juguetes viejos resuelvan el problema.

—Tarde o temprano tiene que pasársele el enfado —opinó Simon, encogiéndose de hombros.

Jared temía que eso ocurriese más tarde que temprano.

Cuando entraron en la cochera, vieron que *Byron* dormía. Sus costados cubiertos de plumas subían y bajaban al ritmo de su respiración. Los ojos se le movían rápidamente de un lado a otro bajo los párpados cerrados. Simon comentó que probablemente no debían despertarlo, así que le dejaron otro plato de carne cerca del pico y regresaron a la casa. Mallory les propuso que jugasen a algo, pero Jared estaba demasiado nervioso y sólo quería indagar dónde había escondido Dedalete el libro. Comenzó a pasearse por la sala, pensando.

Tal vez se tratase de un acertijo. Meditó de nuevo sobre el poema, dándole vueltas en la cabeza, intentando encontrar alguna pista.

—No creo que esté dentro de la pared —dijo Mallory, sentada con las piernas cruzadas sobre el sofá—. Es demasiado grande. ¿Cómo podría meterlo ahí?

—Hay muchas habitaciones en las que ni siquiera hemos estado —observó Simon, sentado muy recto junto a ella—, muchos sitios donde no hemos mirado.

Jared se detuvo en seco.

—Un momento. ¿Y si lo tuviésemos justo delante de nuestras narices?

—¿Qué? —preguntó Simon.

—¡En la biblioteca de Arthur! Hay tantos libros ahí que nunca lo descubriríamos.

—Oye, tienes razón —dijo Mallory.

—Sí —asintió Simon—, e incluso aunque el cuaderno no estuviese ahí, ¿quién sabe qué otra cosa podríamos encontrar?

Los tres subieron las escaleras, enfilaron el pasillo y abrieron la puerta del armario. Jared se deslizó a gatas bajo el estante inferior y se adentró en el pasadizo secreto que conducía a la biblioteca de Arthur. Las paredes estaban recubiertas de libros, excepto en el lugar donde había un gran retrato de su tío abuelo. A pesar de que habían visitado la biblioteca en muchas ocasiones, casi todos los estantes tenían una gruesa capa de polvo que atestiguaba la escasa atención que habían prestado a la mayor parte de los volúmenes.

Mallory y Simon llegaron gateando detrás de él.

—¿Por dónde empezamos? —preguntó Simon, mirando alrededor.

—Tú echa un vistazo al escritorio —le indicó Mallory—. Jared, tú busca en aquella estantería, y yo me ocuparé de ésta.

Jared asintió e intentó quitar algo del polvo que cubría el primer estante. Los títulos de los libros eran tan extraños como los que había visto en visitas anteriores a la biblioteca: *Fisionomía de las alas*, *El efecto de las escamas en la musculatura*, *Venenos del mundo* y *Detalles sobre la dragonites*. Sin embargo, la primera vez que Jared se había fijado en ellos, lo había invadido una especie de sobrecogimiento que ahora no experimentaba. Se sentía aturdido. El libro había desaparecido, Dedalete lo odiaba y Arthur no era como él lo había imaginado. Toda esa magia... era una estafa. Parecía estupenda, pero en el fondo era tan decepcionante como todo lo demás.

Jared examinó el cuadro de Arthur en la pared. Ya no le parecía simpático. El Arthur del retrato tenía los labios muy delgados y una arruga entre las cejas que Jared interpretó ahora como señal de irritación. Seguramente ya entonces estaba pensando en abandonar a su familia.

Se le nubló la vista y le empezaron a arder los

Ya no le parecía simpático.

ojos. Era ridículo llorar por alguien a quien nunca había conocido, pero no podía evitarlo.

—¿Es tuyo este dibujo? —le preguntó Simon desde el escritorio.

Jared se enjugó las lágrimas con la manga, esperando que su hermano no se diese cuenta de que lloraba.

—Sí. Ya puedes tirarlo.

—No —dijo Simon—. Está muy bien. Papá te ha salido muy bien.

Aprender a dibujar había sido otra idea absurda. Lo único que había conseguido con ello era meterse en líos en el colegio por hacer garabatos en lugar de trabajar. Se dirigió al escritorio y arrugó el dibujo para tirarlo él mismo.

—Chicos —los llamó Mallory—. Venid a ver esto.

Mallory tenía en las manos varias hojas de papel enrolladas y un tubo largo de metal.

—Mirad —dijo. Se arrodilló y empezó a desenrollar varias hojas en el suelo.

Los chicos se acercaron. Era un mapa de los alrededores de su casa, trazado a lápiz y pintado con acuarelas. No parecía muy exacto —en la actualidad había más casas y carreteras—, pero los niños identificaron en él muchos sitios que conocían. Lo que les sorprendió, sin embargo, fueron las notas.

Una zona del bosque que se extendía detrás de la casa estaba señalada con un círculo y una indicación.

—«Territorio de caza de los trols» —leyó Simon.

—¡Ojalá hubiésemos encontrado antes este mapa! —gruñó Mallory.

A lo largo de un camino próximo a una

Los chicos se acercaron.

vieja cantera estaba escrita la palabra «¿Enanos?», y un árbol que se alzaba no muy lejos de la casa estaba marcado claramente con la leyenda «Espíritus». No obstante, lo más extraño era una marca en el borde de las colinas, cerca de la casa. La nota que la acompañaba había sido escrita muy deprisa, a juzgar por la caligrafía descuidada. Decía: «14 de septiembre, a las cinco. Llevar lo que queda del libro.»

—¿Qué querrá decir eso? —inquirió Simon.

—Ese «libro» del que habla, ¿no será el cuaderno de campo? —se preguntó Jared en voz alta.

Mallory sacudió la cabeza.

—Podría ser, pero el cuaderno todavía estaba aquí.

Se miraron en silencio por unos instantes.

—¿Cuándo desapareció Arthur? —dijo al fin Jared.

Simon se encogió de hombros.

—Probablemente sólo tía Lucy lo recordará.

—O sea: o bien acudió a su cita y ya nunca volvió, o salió por pies sin presentarse a esa cita —concluyó Mallory.

—¡Tenemos que enseñarle esto a tía Lucinda! —exclamó Jared.

Su hermana sacudió la cabeza.

—Eso no demuestra nada. Lo único que conseguiríamos es disgustarla.

—Pero tal vez él no pretendía marcharse —protestó Jared—. ¿No crees que ella tiene derecho a saberlo?

—Vayamos a echar un vistazo —sugirió Simon—. Podemos seguir el mapa y ver adónde nos lleva. Tal vez encontremos alguna pista de lo que sucedió.

Jared estaba indeciso. Deseaba ir; él mismo había estado a punto de proponerlo antes de que Simon hablara. Sin embargo, no podía evitar pensar que tal vez se tratase de una trampa.

—Me parece que seguir ese mapa sería una

tontería muy, muy grande —opinó Mallory—, sobre todo si creemos que algo le pasó cuando fue ahí.

—Ese mapa es muy viejo, Mallory —repuso Simon—. ¿Qué podría pasarnos?

—Esto no me huele nada bien —opinó Mallory, pero se puso a estudiar la localización de las colinas en el mapa, pensativa.

—Es la única manera de que tía Lucy averigüe lo que sucedió en realidad —insistió Jared.

—Supongo que podríamos ir a echar una ojeada —accedió Mallory, suspirando—, siempre y cuando sea de día. Pero en el momento en que veamos algo raro, volvemos, ¿de acuerdo?

—De acuerdo —respondió Jared con una sonrisa.

Simon empezó a enrollar el mapa.

—De acuerdo —dijo.

Una brisa veraniega comenzó a soplar sobre la colina.

Capítulo cinco

Donde hay muchos enigmas y pocas respuestas

Jared se sorprendió cuando su madre les dio permiso para salir a dar una vuelta. Consideró que si se peleaban tanto era porque estaban siempre encerrados en la casa, y después de dirigir una mirada admonitoria a Jared, les hizo prometer que regresarían antes de que anocheciera. Mallory se llevó su espada de esgrima, Jared cogió su mochila y una libreta nueva, y Simon sacó de la biblioteca una red para cazar mariposas.

—¿Para qué quieres eso? —preguntó Mallory mientras cruzaban la avenida Dulac siguiendo el mapa.

—Para atrapar cosas —contestó Simon sin mirarla a los ojos.

—¿Qué clase de cosas? ¿Es que no tienes ya suficientes animales?

Simon se encogió de hombros.

—Si traes a casa un solo bicho más, se lo daré a *Byron* para que se lo coma.

—Oye —los interrumpió Jared—. ¿En qué dirección tenemos que ir ahora?

Simon observó el mapa y señaló con el dedo.

Simon, Mallory y Jared subieron por la empinada ladera, siguiendo las indicaciones del mapa. Los árboles dispersos crecían con el tronco inclinado entre pequeñas zonas cubiertas de hierba y rocas musgosas. Durante un buen rato subieron prácticamente sin hablar. Jared pensó que era un lugar agradable para ir con su cuaderno de notas, pero luego recordó que había renunciado a dibujar.

Cerca de la cima de la colina, el terreno se allanaba y la arboleda se espesaba. Pero de repente Simon se dio la vuelta y empezó a guiarlos ladera abajo.

—¿Adónde vamos? —quiso saber Jared.

Simon sacudió el mapa delante de su cara.

—Éste es el camino —dijo.

Mallory asintió, como si no le extrañase que estuviesen volviendo sobre sus pasos.

—¿Estás seguro? —preguntó Jared—. Yo creo que no.

—Estoy seguro —afirmó Simon.

Justo en ese momento una brisa veraniega comenzó a soplar sobre la colina, y a Jared le pareció oír un coro de risas debajo de sus pies. Perdió el equilibrio y estuvo a punto de caerse.

—¿Lo habéis oído?

—¿El qué? —preguntó Simon, mirando en torno a sí con nerviosismo.

Jared se encogió de hombros. Estaba seguro de haber oído algo, pero ahora reinaba el silencio.

Un poco más adelante, Simon se desvió de nuevo y se encaminó otra vez hacia arriba y a

la derecha. Mallory lo siguió tranquilamente.

— ¿Y ahora adónde vamos? —inquirió Jared. Estaban ascendiendo de
nuevo y se encontraban casi en la cum-
bre de la primera colina, lo cual no era
malo, pero a Jared le parecía que la dirección en que habían avanzado no los
acercaría en absoluto al punto de reunión señalado en el mapa.

—Sé lo que hago —aseguró Simon.
Mallory lo seguía sin rechistar, lo que inquie-
taba a Jared casi tanto como la trayectoria zig-
zagueante de Simon. Deseó tener consigo el
cuaderno de campo. Intentó repasar sus páginas
mentalmente, buscando alguna explicación.
Recordaba haber leído algo sobre gente que se
perdía, incluso estando muy cerca de casa...

Jared dio unos pisotones a la maleza con sus
zapatillas de deporte. Un hierbajo alto se esca-
bulló a un lado.

—¡Hierba andarina! —Pensó en el artículo del libro que trataba sobre ella. De pronto comprendió por qué él era el único que se había percatado de que iban en la dirección equivocada—. ¡Simon! ¡Mallory! ¡Poneos la camisa del revés, como la llevo yo!

—No —dijo Simon—. Yo sé el camino. ¿Por qué me estáis mandoneando siempre?

—¡Es un truco de los seres fantásticos! —gritó Jared.

—Ya basta. Hoy me toca mandar a mí.

—¡Hazme caso, Simon!

—¡No! ¿Es que no me has oído? ¡No!

Jared sujetó a su hermano y los dos cayeron rodando por el suelo. Jared intentó arrancarle el jersey, pero Simon se protegía la ropa con los brazos.

—¡Parad! —Mallory los separó.

EL PHOOKA

Jared se sorprendió al ver que su hermana se sentaba sobre Simon y le quitaba el jersey, pero enseguida se dio cuenta de que ella ya se había puesto la ropa del revés.

Simon puso cara de asombro cuando el jersey vuelto del revés se deslizó por su cabeza.

—Vaya —exclamó—. ¿Dónde estamos?

Una fuerte carcajada sonó por encima de sus cabezas.

—Casi nunca llegan tan lejos..., o tan cerca, según cómo se mire —dijo una criatura encaramada en un árbol. Tenía cuerpo de mono, un pelaje marrón negruzco con motitas y una larga cola que había enrollado en la rama sobre la que estaba sentada. Una poblada mata de pelo le rodeaba el cuello, y su cara se parecía a la de un conejo, con largos bigotes y orejas.

—¿Según cómo se mire qué? —preguntó Jared. No estaba seguro de si aquella criatura le resultaba divertida o temible.

De pronto, ésta giró la cabeza de tal manera que las orejas le rozaban la barriga y la barbilla apuntaba al cielo.

—Listo es el que hace listezas.

Jared pegó un brinco.

—¡No te muevas! —le advirtió Mallory a la criatura, blandiendo el estoque.

—Cielo santo, una bestia con una espada —siseó la criatura. Giró de nuevo la cabeza hasta colocarla del derecho y parpadeó dos veces—. Me pregunto si ha perdido el juicio. ¡Las espadas pasaron de moda hace siglos!

—No somos bestias —se defendió Jared.

—Y entonces, ¿qué sois? —preguntó la criatura.

«Casi nunca llegan tan lejos.»

—Soy un chico —contestó Jared—. Y, bueno, ésta es mi hermana. Una chica.

—Ésa no es una chica —replicó—. ¿Dónde está su vestido?

—Los vestidos pasaron de moda hace siglos —dijo Mallory con una sonrisa maliciosa.

—Ya hemos respondido a tus preguntas —dijo Jared—. Ahora, contesta tú a las nuestras. ¿Quién eres?

—El Perro Negro de la Noche —declaró la criatura con orgullo, antes de que su cabeza girase de nuevo, observándolos con un ojo abierto—, un asno, o tal vez un espíritu.

—¿Qué significa eso? —inquirió Mallory—. No tiene ningún sentido.

—¡Creo que es un phooka! —saltó Jared—. Sí, ahora lo recuerdo. Los phookas pueden cambiar de forma.

—¿Son peligrosos? —preguntó Simon.

—¡Mucho! —aseguró el phooka, asintiendo enérgicamente con la cabeza.

—No estoy seguro —dijo Jared en voz baja. Después carraspeó un poco y se dirigió a la criatura—. Estamos buscando algún rastro de nuestro tío abuelo.

—¡Habéis perdido a vuestro tío! ¡Qué despistados!

Jared suspiró e intentó decidir si el phooka estaba tan loco como parecía.

—Pues, a decir verdad, desapareció hace mucho tiempo: hará unos setenta años. Esperábamos averiguar qué le ocurrió.

—Todo el mundo puede llegar hasta esa edad o más. Para ello basta con no morirse. Pero tengo entendido que los humanos viven más en cautiverio que en libertad.

—¿Qué? —preguntó Jared.

—Cuando uno busca algo —dijo el phooka—, debe estar seguro de que desea encontrarlo.

—¡Oh, olvídalo! —soltó Mallory—. Sigamos caminando.

—Preguntémosle al menos qué hay en el valle que tenemos delante —sugirió Simon.

Mallory hizo un gesto de desesperación.

—Sí, claro, y seguro que nos responderá algo coherente.

Simon no le hizo caso.

—¿Podría decirnos por favor qué hay más adelante? Estábamos siguiendo este mapa hasta que la hierba andarina nos ha hecho ir en círculo.

—Si la hierba puede andar —sentenció el phooka—, un muchacho puede acabar plantado.

—Por favor, te lo ruego, deja de darle conversación —se desesperó Mallory.

—Los elfos —dijo el phooka, mirando a Mallory con expresión ofendida—. ¿Debo ser directo cuando os indique directamente el camino directo hacia los elfos?

—¿Qué es lo que quieren? —preguntó Jared.

—Tienen lo que vosotros queréis y quieren lo que vosotros tenéis —contestó el phooka.

Mallory soltó un gruñido.

—Quedamos en que si las cosas se ponían raras regresaríamos a casa —dijo Mallory, apuntando al phooka con su estoque—. Y más raro que esa cosa, imposible.

—Pero no parece malo. —Jared contempló las colinas—. Vayamos un poco más adelante.

—No sé... —titubeó Mallory—. ¿Y qué hay de esos hierbajos que nos desorientan?

—¡El phooka ha dicho que los elfos tienen lo que queremos!

Simon asintió.

—Ya estamos muy cerca, Mallory.

—Esto no me gusta —murmuró ella, suspirando—, pero creo que más vale que seamos nosotros quienes los pillemos por sorpresa.

Echaron a andar colina abajo, apartándose del camino.

—¡Esperad! ¡Volved! —gritó el phooka—. Hay algo que debo deciros.

Los tres se dieron la vuelta.

—¿De qué se trata? —preguntó Jared.

—Boni noni boni —dijo el phooka, articulando con toda precisión.

—¿Es eso lo que querías decirnos?

—No, en absoluto —respondió el phooka.

—Entonces, ¿qué era? —preguntó Jared con impaciencia.

—Podría escribirse un libro entero con todo lo que no sabe un autor —declaró el phooka. Acto seguido, trepó por el tronco del árbol hasta perderse de vista.

El sendero desembocaba en un prado.

Los tres descendieron trabajosamente por la otra ladera de la colina. A medida que el bosque se hacía de nuevo más denso, advirtieron que se hacía también más silencioso. No se oía cantar a los pájaros; sólo el susurro de la hierba y el crujido de ramitas bajo sus pies.

El sendero desembocaba en un prado bordeado de árboles. En el centro crecía un espino muy alto, rodeado de gruesos hongos rojos y blancos.

—Eh... —dijo Jared.

—Vale. Esto es muy raro. Nos vamos —decidió Mallory.

Pero en cuanto dieron media vuelta, los árboles se juntaron entre sí, entrelazando sus ramas, formando una barrera de follaje que llegaba hasta el terroso suelo del claro.

—¡Oh, no! —dijo Mallory.

Aparecieron tres seres.

Capítulo seis

Donde Jared hace realidad
la profecía del phooka

Al otro lado del claro, unas ramas se separaron y aparecieron tres seres, altos como Mallory, con la piel pecosa y bronceada por el sol. El primero era una mujer con ojos de color verde manzana y un brillo verdoso en los hombros y las sienes. Llevaba hojas trenzadas en su cabellera despeinada. El segundo era un hombre con lo que parecían unos cuernos pequeños en la frente. Su piel era de un tono de verde más acusado que el de la mujer y sujetaba un nudoso bastón entre las manos. El tercer elfo llevaba la espesa y rojiza cabellera recogida en tres largas trenzas adornadas con bayas rojas. Tenía la piel morena, salpicada de manchitas rojas en el cuello.

—¿Sois elfos? —preguntó Simon.

—Nadie había seguido ese sendero desde hace mucho tiempo —comentó la elfa de ojos verdes con la frente bien alta, como si estuviese acostumbrada a que la obedecieran—. Todos aquellos que se acercan a este claro acaban por desviarse y perderse. Pero aquí estáis vosotros. Qué curioso.

—Se refiere a la hierba —le susurró Jared a su hermano.

—Sin duda lo tienen —dijo el elfo pelirrojo a sus compañeros—. ¿De qué otra manera podrían haber llegado, si no? ¿Cómo habrían descubierto el modo de seguir el camino sin desviarse? —Se volvió hacia los niños—. Me llamo Lorengorm. Deseo negociar con vosotros.

—¿Negociar qué? —preguntó Jared, esperando que la voz no le temblase. Los elfos eran

Dibujo creado por Jared Grace.

tan hermosos como había imaginado, pero la única emo-
ción que podía leer en su
rostro era un ansia extraña que lo ponía muy
nervioso.

—Vosotros queréis
la libertad —señaló el
elfo que parecía tener
cuernos. Jared se perca-
tó de que en realidad eran
hojas—. Nosotros quere-
mos el libro de Arthur.

EL ELFO
CON LAS HOJAS EN LA FRENTE

—¿La libertad? ¿De qué estás hablando? —quiso saber Mallory.

El elfo de las hojas en forma de cuerno señaló el límite de la arboleda con una mano y les dirigió una sonrisa cruel.

—Seréis nuestros invitados hasta que os can-
séis de nuestra hospitalidad.

—Arthur no os dio el libro. ¿Por qué habríamos de dároslo nosotros? —Jared esperaba que no advirtiesen que no se sentía tan seguro como parecía.

—Sabemos desde hace tiempo que los seres humanos sois brutales —dijo la elfa de los ojos verdes con el ceño fruncido—. En otras épocas, por lo menos teníais la excusa de la ignorancia. Ahora, cuantos menos humanos sepan de nuestra existencia, mejor.

—No se puede confiar en vosotros —añadió Lorengorm—. Arrasáis los bosques. Envenenáis los ríos, abatís a los grifos que surcan el cielo y cazáis las serpientes marinas. No osamos imaginar lo que haríais si conocieseis nuestros puntos débiles.

—¡Pero si nosotros no hemos hecho nada de eso! —protestó Simon.

—Y ya nadie cree en los seres fantásticos —agregó Jared, pero luego pensó en Lucinda—. Al menos nadie que esté cuerdo.

Lorengorm soltó una carcajada forzada.

—Ya no hay demasiados seres fantásticos en los que creer. Establecemos nuestro hogar en los escasos bosques que nos quedan. Pronto ya no quedarán ni ésos.

La elfa de ojos verdes alzó la mano hacia la barrera de ramas entretejidas.

—Dejad que os muestre algo.

Jared advirtió que había toda clase de seres fantásticos en el círculo de árboles que los rodeaban, observándolos por entre los troncos. Sus ojos negros centelleaban, sus alas zumbaban y sus bocas se movían, pero ninguno salió al claro. Era como un juicio, y los elfos intervenían como juez y jurado. Entonces unas pocas ramas se desenmarañaron y otra cosa emergió de la espesura.

Era blanco y del tamaño de un ciervo. Tenía el pelaje de color marfil, y largos mechones colgaban de su crin. El cuerno que le sobresalía de la frente estaba retorcido y acababa en una punta que parecía afilada. Levantó su húmeda nariz y olisqueó el aire. Al tiempo que se acercaba a ellos, el silencio se impuso en el valle. Ni siquiera se oían sus pisadas sobre la hierba. No tenía en absoluto un aspecto dócil.

Mallory dio un paso hacia él, ladeando ligeramente la cabeza y extendiendo el brazo.

—Mallory —le advirtió Jared—. No...

Pero ella estaba demasiado lejos para oírlo, con los dedos estirados hacia la criatura, que permanecía completamente quieta. Jared ni siquiera se atrevió a respirar mientras Mallory acariciaba el costado del unicornio y enredaba su mano en su crin. Entonces, el cuerno le tocó la frente y ella cerró los ojos. Todo su cuerpo se estremeció.

—¡Mallory! —exclamó Jared.

Bajo los párpados, los ojos de Mallory se movían rápidamente de un lado a otro, como si soñase. Luego cayó de rodillas.

Jared corrió hacia ella, seguido por Simon. En cuanto Jared tocó a Mallory, la visión se apoderó de su mente.

Un absoluto silencio.

Matas de zarzas. Hombres a caballo. Perros flacos de rojas lenguas. Se ve un destello blanco y un unicornio sale galopando al claro, con las patas embadurnadas de barro. Unas flechas vuelan y se hunden en la carne blanca. El unicornio relincha y se viene abajo en medio

Todo su cuerpo se estremeció.

de una nube de hojas. Unos dientes caninos desgarran la piel. Un hombre con un cuchillo corta el cuerno mientras el unicornio todavía se mueve.

Las imágenes, inconexas, se suceden a mayor velocidad.

Una muchacha con un vestido de color indefinido, apremiada por cazadores, intenta atraer al unicornio: una flecha perdida la derriba. Ella se desploma, con un brazo pálido sobre el pálido costado. Los dos están inmóviles. Después, cientos de cuernos ensangrentados, en forma de copa, son molidos hasta acabar convertidos en amuletos y polvos mágicos. Montones de pieles blancas manchadas de sangre se apilan, rodeadas por enjambres de moscas negras.

Jared se liberó del sueño, asqueado. Para su sorpresa, Mallory lloraba, y sus lágrimas oscurecían el blanco pelaje. Simon posó una mano torpemente en el ijar del unicornio.

La bestia inclinó la cabeza hacia delante, rozando el cabello de Mallory con los labios.

—Le has caído muy bien —observó Simon,

un poco molesto. Por lo general los animales simpatizaban más con él.

—Soy una chica —dijo Mallory, encogiéndose de hombros.

—Sabemos lo que habéis visto —dijo el elfo de las hojas en la frente—. Dadnos el cuaderno. Debe ser destruido.

—¿Y qué hay de los trasgos? —quiso saber Jared.

—¿Qué hay de ellos? A los trasgos les encanta vuestro mundo —aseguró Lorengorm—. Vuestras máquinas y vuestros venenos han convertido muchos lugares en refugios ideales para ellos.

—Pues no tuvisteis muchos reparos en utilizarlos para intentar arrebatarnos el libro —señaló Jared.

—¿Nosotros? —preguntó la elfa, con los ojos verdes muy abiertos y los labios apretados—. ¿Creéis que nosotros enviaríamos a semejantes huestes? Es Mulgarath quien los dirige. Quiere apropiarse del libro.

—¿Por qué? —preguntó Jared—. ¿Acaso no sabéis ya todo lo que dice?

—¿Y quién es Mulgarath? —Mallory se puso de pie, sin dejar de acariciar distraídamente al unicornio.

Los elfos se miraron entre sí, incómodos. Al final, el de las hojas en forma de cuerno habló.

—Nosotros hacemos arte. No tenemos la necesidad de diseccionar las cosas para saber de qué están hechas. Ninguno de nosotros sería capaz de hacer lo que hacía Arthur Spiderwick.

La elfa de los ojos verdes posó una mano en el hombro del otro elfo.

—Lo que quiere decir es que el libro puede contener información que no conocemos.

Jared se quedó pensativo por unos instantes.

—Así que en realidad no os importa que los humanos tengan el cuaderno de campo de Arthur. Sólo queréis que Mulgarath no se apodere de él.

—Ese libro representa un peligro en manos de cualquiera —explicó la elfa—. Encierra demasiados conocimientos. Dádnoslo. Lo destruiremos y os recompensaremos por ello.

Jared le mostró sus manos vacías.

—No lo tenemos —dijo—. No podríamos entregároslo aunque quisiéramos.

El elfo de las hojas en forma de cuerno sacudió la cabeza y golpeó el suelo con su bastón.

—¡Estáis mintiendo!

—De verdad, no lo tenemos —aseguró Mallory—. Palabra de honor.

—Entonces, ¿dónde está? —preguntó Lorengorm arqueando una de sus cejas rojizas.

—Creemos que nuestro duende casero nos lo ha quitado —terció Simon—, pero no estamos seguros.

—¿Lo habéis perdido? —preguntó la elfa de ojos verdes, alarmada.

—Lo más seguro es que Dedalete lo tenga —dijo Jared con un hilillo de voz.

—Hemos intentado ser razonables —murmuró el elfo de las hojas en la frente—. Pero no se puede confiar en los humanos.

—¿Confiar? ¿Y cómo sabemos que podemos confiar en vosotros? —dijo Jared de pronto, arrebatándole el mapa a Simon y mostrándoselo a los elfos—. Hemos encontrado esto. Era de Arthur. Al parecer, vino aquí y supongo que se encontró con vosotros. Quiero saber qué le hicisteis.

—Hablamos con él —le informó el de las hojas—. Había jurado que destruiría el cuaderno y se presentó en la reunión con una bolsa llena de papel ennegrecido y cenizas. Pero era mentira. Había quemado otro libro. El cuaderno de campo seguía intacto.

—Nosotros cumplimos con nuestra palabra —afirmó la elfa—. Aunque nos pese, mantenemos nuestras promesas. No somos compasivos con quienes nos engañan.

—¿Qué le hicisteis? —preguntó Jared.

—Le impedimos que siguiese haciendo daño —contestó la elfa de ojos verdes.

—Ahora vosotros habéis venido —añadió el elfo de las hojas—, y podéis estar seguros de que nos traeréis ese cuaderno de campo.

Lorengorm agitó la mano y unas raíces blancas se enrollaron en los tobillos de Jared. Él soltó un chillido, pero el sonido se perdió entre el crujido de las ramas y el susurro de las hojas. Los árboles comenzaban a desenredarse y a recupe-

rar su forma natural. Sin embargo, las raíces pe-
ludas llenas de tierra seguían trepándole por las
piernas.

—Traednos el cuaderno de campo o vuestro
hermano será nuestro prisionero para siempre
—les advirtió el elfo de las hojas en la frente.

A Jared no le cupo la menor duda de que hablaba en serio.

«¡Ared , ayúdame», aulló Jared.

Capítulo siete

Donde Jared se alegra al fin de tener un hermano gemelo

Mallory se levantó de un salto, blandiendo su estoque, y Simon la imitó torpemente empuñando su red para cazar mariposas. El unicornio sacudió la cabeza, con la crin al viento, y relinchó antes de adentrarse a galope en el bosque sin hacer el menor ruido.

—¡Vaya, vaya! —exclamó el elfo de las hojas en forma de cuernos—. Por fin estos humanos nos revelan su auténtica naturaleza.

—¡Soltad a mi hermano! —gritó Mallory.

De pronto, a Jared se le ocurrió una idea.

—¡Jared, ayúdame! —aulló, con la esperanza de que Simon y Mallory captasen la indirecta.

Simon se quedó mirándolo, perplejo.

—*Jared* —repitió Jared—. Tienes que ayudarme.

Entonces Simon le sonrió, con un brillo de comprensión en los ojos.

—Simon —dijo—, ¿estás bien?

—Estoy bien, *Jared*. —Jared intentó con todas sus fuerzas levantar la pierna que tenía sujeta por las raíces—. Pero no puedo moverme.

—Volveremos con el cuaderno de campo, *Simon* —le aseguró Simon—, y ellos tendrán que dejarte en libertad.

—No —repuso Jared—. Si volvéis, ellos son capaces de tomarnos a todos como rehenes. ¡Que te hagan una promesa!

—Nosotros nunca rompemos nuestra palabra —aseveró la elfa de ojos verdes con un resoplido.

—No nos han dado su palabra —señaló Mallory, contemplando a sus hermanos con alarma creciente.

—Prometednos que dejaréis a Jared y Mallory abandonar sanos y salvos el claro y que, si vuelven, no los retendréis contra su voluntad —exigió Jared.

Mallory se disponía a protestar, pero guardó silencio.

Los elfos miraron a los hermanos con cierta vacilación, pero al fin Lorengorm asintió con la cabeza.

—Que así sea. Jared y Mallory pueden marcharse de este claro. No serán retenidos contra su voluntad ni ahora ni nunca. Si no nos traen el cuaderno de campo, nos quedaremos con su hermano Simon para siempre. Permanecerá con nosotros, eternamente joven, bajo la colina, durante cien veces cien años; y si osara huir, un solo paso en el suelo lo haría envejecer de golpe todos los años perdidos.

Se dieron la vuelta para verlo.

El auténtico Simon se estremeció y dio un paso hacia Mallory.

—Marchaos velozmente —les indicó el elfo.

Mallory miró inquisitivamente a Jared. Había bajado la punta de su estoque, pero aún lo empuñaba sin hacer el menor ademán de marcharse. Jared intentó sonreírle de un modo alentador, pero estaba asustado y sabía que el miedo se reflejaba en su rostro.

Sacudiendo la cabeza, Mallory siguió a Simon. Unos pasos más adelante, se dieron la vuelta para verlo una vez más, y echaron a andar colina arriba. Poco después, desaparecieron entre el follaje.

—Tenéis que soltarme —dijo Jared entonces.

—¿Sí? ¿Por qué? —quiso saber el elfo de las hojas—. Ya has oído nuestra promesa. No te dejaremos en libertad hasta que tus hermanos nos traigan el cuaderno de campo.

Jared negó con la cabeza.

—Habéis dicho que retendríais a Simon. Yo soy Jared.

—¿Qué? —dijo Lorengorm.

El elfo de falsos cuernos se acercó a Jared con los puños apretados.

—Los elfos nunca rompen sus promesas —advirtió Jared, tragando saliva—. Tenéis que dejarme marchar.

—Demuestra lo que dices —le ordenó la elfa,

con los labios tan apretados que habían quedado reducidos a una fina raya.

—Mira. —Con manos temblorosas, Jared se quitó la mochila de la espalda. Allí, en la parte superior, había unas iniciales bordadas en la tela roja: JEG—. ¿Lo ves? Jared Evan Grace.

—Vete —soltó el elfo con cuernos, como si estuviese profiriendo una maldición—. Que tu libertad te valga si topamos de nuevo contigo o con tus taimados hermanos.

Dicho esto, las raíces se desenrollaron de las piernas de Jared, que arrancó a correr tan rápido como pudo, sin mirar atrás.

Al llegar a la cima de la colina, oyó una risotada. Alzó la vista hacia los árboles cercanos, pero no vio el menor rastro del phooka. Aun así, Jared no se sorprendió mucho cuando oyó la voz que ya le resultaba familiar.

—Veo que no has encontrado a tu tío. Qué pena. Si fueras un poco menos astuto, quizá tendrías más suerte.

Oyó una risotada.

Jared sintió un escalofrío y bajó a toda prisa por la ladera, a tal velocidad que tuvo que frenar para no acabar en medio de la calzada. Cruzó la calle y atravesó corriendo la verja de hierro para entrar en su patio trasero, sin aliento.

Mallory y Simon lo esperaban en los escalones. Su hermana no dijo nada pero lo abrazó con un cariño impropio de ella. Él se dejó abrazar.

—No tenía ni idea de lo que querías hacer —se rió Simon—. Ha sido una buena jugada.

—Gracias por seguirme la corriente —les agradeció Jared sonriendo—. El phooka me ha dicho algo mientras venía hacía aquí.

—¿Algo con pies y cabeza? —inquirió Mallory.

—Bueno, he estado pensando —dijo Jared—. ¿Recordáis que los elfos aseguraron que me retendrían?

—¿A ti? —preguntó Simon—. ¡Prometieron hacérselo a Simon!

—Sí, pero piensa en lo que iban a hacer: retenerme ahí para siempre, eternamente joven, ¿os acordáis? Para siempre.

—Entonces, tú crees que... —La frase de Mallory quedó en el aire.

—Cuando ya me iba, el phooka ha dicho que si yo hubiera sido menos astuto, tal vez habría tenido más suerte en encontrar a mi tío.

—¿Estás diciendo que Arthur podría ser prisionero de los elfos? —preguntó Simon mientras subían trabajosamente la escalera que llevaba a la puerta de la casa.

—Eso creo —respondió Jared.

—Entonces todavía sigue vivo —dijo Mallory.

Jared abrió la puerta trasera y entró en el zaguán. Todavía temblaba, impresionado por su encuentro con los elfos, pero una sonrisa comenzó a dibujarse en su rostro. Tal vez Arthur no había abandonado a su familia. Tal vez lo habían capturado los elfos. Y tal vez, si Jared era lo bastante astuto, podrían rescatarlo.

Tan absorto estaba Jared fantaseando sobre la liberación de su tío, que apenas advirtió el objeto plateado a sus pies antes de caer al suelo. Notó que algo duro se le clavaba en el muslo y en la mano extendida. Simon tropezó también y se dio de bruces a su lado, mientras que Mallory, que iba unos pocos pasos por detrás de ellos, fue a dar sobre los dos gemelos.

—¡Maldición! —exclamó Jared, mirando alrededor. El suelo estaba sembrado de cantillos y canicas.

—Ay —se quejó Simon, retorciéndose para intentar salir de debajo de su hermana—. Quítate de encima, Mallory.

—Eso digo yo: Ay. —Mallory se levantó apoyándose en las manos—. Voy a matar a ese trastolillo. —Hizo una pausa—. ¿Sabes qué, Jared? Si encontramos el cuaderno de campo de Arthur, creo que debemos quedarnos con él.

Jared la miró a los ojos.

—¿De verdad?

Ella asintió con la cabeza.

—No sé vosotros, pero yo empiezo a estar harta de que los seres fantásticos hagan conmigo lo que quieren.

Fin del

TERCER LIBRO

Sobre TONY DiTERLIZZI...

Autor de éxito del *New York Times*, Tony DiTerlizzi es el creador de la obra ganadora del premio Zena Sutherland *Ted, Jimmy Zanwow's Out-of-This-World Moon Pie Adventure*, así como de las ilustraciones para los libros de Tony Johnson destinados a lectores noveles. Más recientemente, su cinematográfica versión del clásico de Mary Howitt *The Spider and the Fly* recibió el Caldecott Honor. Por otra parte, los dibujos de Tony han decorado la obra de nombres tan conocidos de la literatura fantástica como J. R. R. Tolkien, Anne McCaffrey, Peter S. Beagle y Greg Bear. Reside con su mujer, Angela, y con su perro, *Goblin*, en Amherst, Massachusetts. Visita a Tony en la Red: *www.diterlizzi.com*.

y sobre HOLLY BLACK

Coleccionista ávida de libros raros sobre folclore, Holly Black pasó sus años de infancia en una decadente casa victoriana en la que su madre le proporcionó una dieta alta en historias de fantasmas y en cuentos de hadas. De este modo, su primera novela, *Tithe: A Modern Faerie Tale*, es un guiño de terror y de lo más artístico al mundo de las hadas. Publicado en el otoño de 2002, recibió buenas críticas y una mención de la American Library Association para literatura juvenil. Vive en West Long Branch, New Jersey, con su marido, Theo, y una remarcable colección de animales. Visita a Holly en la Red: *www.blackholly.com*.

Tony y Holly continúan trabajando día y noche, lidiando con todo tipo de seres mágicos para ofreceros la historia de los hermanos Grace.

Un trastolillo, duendes después,
y ahora elfos, cielo santo.
¿Qué nuevo ser o qué espanto
descubrirán los hermanos Grace?

JARED GRACE

No perdáis de vista a Jared:
es valiente y también noble.
Pronto su hermano descubrirá
que Jared tiene un doble.

Y bajo la vieja cantera
muy cercana a la ciudad
hay un rey con una corona
mas ¿quién la lleva en verdad?

EL
REY ENANO

Sigue leyendo
y lo sabrás...

•SPIDERWICK•
LAS CRÓNICAS

AGRADECIMIENTOS

Tony y Holly quieren agradecer
el tino de Steve y Dianna,
la honestidad de Starr,
las ganas de compartir el viaje de Myles y Liza,
la ayuda de Ellen y Julie,
la incansable fe de Kevin en nosotros,
y especialmente la paciencia
de Angela y Theo,
inquebrantable incluso en noches enteras
de interminables discusiones
sobre Spiderwick.

El tipo utilizado para la composición
de este libro es Cochin. La tipografía
de las ilustraciones es Nevis Hand y Rackham.
Las ilustraciones originales son a lápiz y tinta.